Laidback Lu

Brewing a cup of happiness for you

Illustration and Text by
Taka Kato

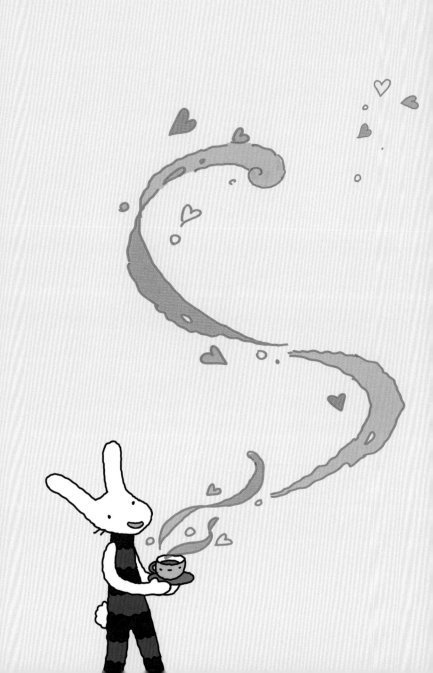

안녕하세요.
저는 티 소믈리에
루예요!

목차

프롤로그

티 소믈리에 루

나만의 특별한 차를
마셔 본 적이 있나요?

차의 온기와 함께
행복감이 온몸으로 퍼져 나가고,
눈앞의 괴로움이
한 잔의 쓴 차에 사그라드는
그런 특별한 차가 있다면 어떨까요?

'인생의 차' 말이에요.

티 소믈리에로
늘 차와 함께하는 저도
아직 나만의 '인생의 차'를
찾는 중이랍니다.

제가 만들고 싶은 '인생의 차'는…

햇빛처럼 반짝이는 기쁨과

달빛처럼 잔잔한 슬픔,

차오르는 행복감과

삶이 주는 다채로운 충만함.

그 모든 걸 담은 차랍니다.

아주 특별하겠죠?

우리 티 소믈리에에게 있어

'인생의 차'는

각자 다른 맛과 향을 띠는

스페셜 티랍니다.

소믈리에가 살아온 경험과

삶의 지혜를

차 한 잔에 고스란히 담기 때문이죠.

언젠가 제가 만나는 모든 이들에게

특별히 블렌딩한

'인생의 차'를

선물하고 싶어요.

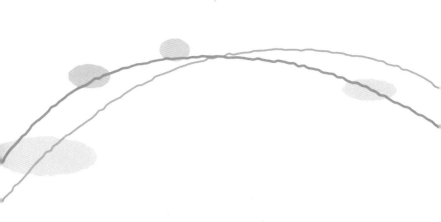

물론, 쉽지는 않답니다.
우리 할아버지의 할아버지,
그리고 그 위 할아버지까지
모두가 꿈꿔 왔지만,
이루지 못한 일이죠.

하지만

저는 꼭 만들 거예요!

몽글몽글 행복한 기분이 드는

'루의 느긋한 인생의 차' 말이에요.

그래서

저만의 특별한 차 재료를

찾아 떠나려 해요.

저와 함께 가시겠어요?

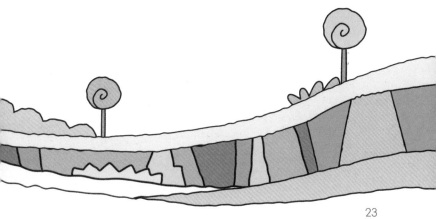

첫 번째 여행

시계탑 마을

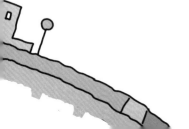

째깍 째깍

가장 먼저 도착한 마을은

시계탑 마을이에요.

마을 중앙에 큰 시계탑이 서 있었어요.

째깍째깍 째깍째깍…

째깍째깍…

시계 소리에 맞춰 마을 주민들은

부지런히 움직이고 있었어요.

주민들을 향해 말을 걸었어요.

"안녕하세요. 맛있는 차 한잔 드시겠어요?"

하지만 아무도 제게 눈길조차 주지 않았죠.

서로 부딪힐 듯 아슬아슬하게 뛰어서

저 멀리 가 버렸답니다.

제 말은 허공에 흩날렸고,

차의 향기도 그들에게 닿지 못했죠.

시간은 서두르면 서두를수록
우리 곁을 더 빨리 지나치는 법이잖아요.

째깍째깍! 째깍째깍!

귓가에 울리는 시계 소리에
저까지 마음이 불안해졌죠.

어쩐지 이 마을의 시간은
유독 빠르게 흐르는 것 같았답니다.

찻주전자를 꺼내

차 한잔을 느긋하게 우려냈어요.

맛있는 차를 마시며 차분히 마음을 가라앉히면

저절로 좋은 생각이 떠오르거든요.

차를 한 모금 음미하며

하늘을 올려다보았을 때였어요.

"앗! 저것 때문이구나!"

'째깍째깍 풀'이 시계 나사를 휘감아
바늘의 움직임을 재촉하고 있었어요.

저는 곧장 시계탑으로 뛰어올라
째깍째깍 풀을 뜯어냈어요.

시계는 이내 제 속도를 찾았답니다.

드디어 마을 주민들도

바삐 움직이던 손을 멈추고

후유~ 하고

긴 숨을 내쉬었답니다.

모처럼 가지는 여유.

이런 때야말로 스페셜 티타임이 필요해요.

시계탑 마을 주민들을 위해

곧장 차를 준비했어요.

바로 '째깍째깍 풀'을

담백하게 우려낸 차랍니다.

바쁘게 일한 후에 마시는 차 한 잔.

마을 주민들에게 제가 선물하고 싶었던 건,

느긋한 마음과 여유로운 시간이었죠.

이 마을 주민들에게 필요한

'인생의 차'란 바로

여유와 새 힘을 주는 차,

아닐까요?

차를 마신 주민들의 얼굴에
잔잔한 미소가 피어올랐어요.

시계를 고치고

귀중한 찻잎을 얻었네요.

덕분에 저도 가벼운 마음으로

다음 마을로 향할 수 있겠어요.

등 뒤에서 시계탑도 종을 울려

저를 응원해 주었답니다.

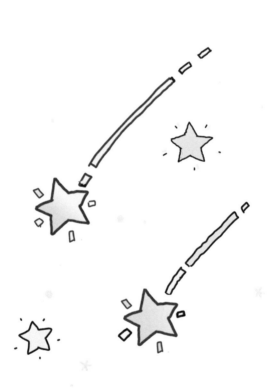

두 번째 여행

별이 흐르는 마을

모래 언덕 위에 자리 잡은

별이 흐르는 마을.

이곳은

소원이 이루어지는 마을로도

불린답니다.

기억이 날 듯 말 듯한 꿈처럼

아련하고 환상적인 분위기를 지닌 마을이에요.

새까만 밤하늘에

콕콕 박힌 수많은 별이

영롱하게 빛을 밝히자,

문득 제 소원도

들어줄 것 같은 기분이 들었어요.

'인생의 차를 완성하게 해 주세요.'

마음속으로 나지막이 소원을 빌었어요.

"별에 소원을 비는군요."
옆에서 누군가 말을 걸어왔어요.

"제가 비밀을 알려 드리죠.
저 별보다 우리 마을에서 만드는
별똥별에 소원을 빌면
더 잘 이루어진답니다.
같이 한번 만들어 보실래요?"

그와 함께 모래 언덕 아래로 내려가자,

금빛 모래를 실어 나르는 주민들이 보였어요.

별똥별을 위한

재료를 모으는 중이었죠.

저도 금빛 모래를 끄는 데 손을 보탰습니다.

금빛 모래는

마치 금가루를 잔뜩 실은 것처럼

꽤 무거웠어요.

하지만 우리가 빌 소원을 위해

모두가 힘을 모았죠.

잠시 뒤,

놀라운 일이 벌어졌어요.

금빛 모래를 실어 올린

토성 모양의 공장 꼭대기에서

후드득 후드득,

별들이 쏟아져 내렸어요.

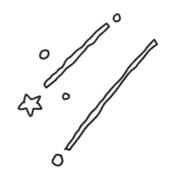

아름다운 별똥별을 감상하며
지금이야말로 티타임을 가질 때죠!

째깍째깍 풀을 진하게 우려내고
별똥별 조각 하나를
차에 넣어 주었어요.

한 모금 마시니,
새콤한 레몬과 상쾌한 민트 맛이
입안을 가득 채웠습니다.

한 손에는 찻잔을 들고,
별똥별의 상큼한 맛을 음미하면서
마음속에 품어 온 소원을
살며시 다시 빌었습니다.

'인생의 차를
만들 수 있게
도와주세요.'

별이 흐르는 마을에서 찾은

소원을 이뤄 주는 별똥별 조각은

마음을 안정시켜 주는 째깍째깍 풀과

훌륭하게 어울리는 맛과 향을 지녔어요.

별똥별에 부탁한

제 소원에 한 발짝 다가간 것 같네요.

하지만, 조금 더 마음에 드는 차를 위해

다음 여행을 이어 가 볼게요.

세 번째 여행

다크 포레스트

꼬불꼬불한 좁고 어두운 길을 걷다 보니,
수상한 바람을 타고 누군가 속삭였어요.

"조심해! 이 앞은 어두운 숲이야."

어쩐지 공기도 서늘하게 느껴졌어요.

언덕을 내려가자

불빛 하나 없는 어두컴컴한 숲이 나왔어요.

다니는 이 하나 없는 적막하고 고요한 곳.

'다크 포레스트'에 도착했어요.

까만 어둠을 밝히려

별똥별 조각을 꺼내 차를 끓였어요.

별똥별이 반짝반짝 빛을 내더니
곧 은은한 향기를 뿜어냈어요.
그리고 잠시 뒤…
차 향기에 이끌려
숲에 숨어 있던 유령들이
하나둘 고개를 내밀었어요.

"아, 이렇게 맛있는 차는 오랜만이야."

차의 따뜻한 온기 때문일까요?
유령들의 마음이 희미하게 빛나더니
마치 새벽이슬처럼 반짝였어요.

깜깜하던 숲도
빛으로 물들었어요.

"가슴이 따뜻해졌어."
"행복한 시간을 선물해 줘서 고마워."

유령들이 쑥스러워하며
숲의 새벽이슬로 만든
설탕을 건넸어요.

저는 설탕을 소중히 품은 채,
다음 마을로 향했답니다.

네 번째 여행

밸런타인 타운

숲을 나오니 화창한 햇살 아래

이름처럼 사랑스러운 도시가

모습을 드러냈어요.

바로 밸런타인 타운입니다.

하트 꽃잎이 하늘하늘 흩날리는

낭만적인 곳이죠.

제 마음도 설레어 왔답니다.

광장에 앉아서

아주 천천히 차를 마셔야겠어요.

밸런타인데이 초콜릿처럼

달콤쌉쌀한 차를 내리고,

시나몬 향을 살짝 더해 주니,

흐음~ 아주 맛있는 차가 완성되었어요!

설레는 마음으로 차를 한 모금

마시려던 그때…

종이비행기가

제 찻잔 속으로 날아들었어요.

서투른 하트가 그려진 종이비행기였죠.

고개를 들어 보니,

종이비행기는 한두 개가 아니었어요.

한 소년이 탑 아래에서 창문을 향해

종이비행기를 날리고,

또 날리고 있었어요.

하지만 종이비행기는

창까지 닿지 못하고

바닥으로 툭 툭 떨어졌답니다.

소중한 사람에게 마음을 전하는 건

역시 쉽지 않은 법이죠.

제가 나설 차례 같아요.

이 도시에 흩날리는

하늘하늘한 하트 꽃잎을 우려

차를 끓이고,

숲의 유령들에게 선물 받은

새벽이슬 설탕을 넣었어요.

소원을 이루어 주는 별똥별 한 조각과

여유로운 마음을 품게 하는

째깍째깍 풀도 한 줄기 넣었어요.

달콤하고 상쾌한 차 향기가

은은하게 퍼져

바람을 타고 높이 올라갔어요.

그 향기는

굳게 닫혀 있던

탑 꼭대기의 창문을 두드렸죠.

곧 차 향기를 맡은 소녀가

창문을 활짝 열었어요.

소녀는 땅에 떨어진 수많은 종이비행기와

소년의 수줍은 미소를 보고

그의 마음을 눈치챘답니다.

그 모습을 보고 있으니 제 마음에도
포근한 행복이 스며들었답니다.

아무래도 '인생의 차'에 들어갈
가장 중요한 재료를 찾은 것 같아요.

제 여행을 마무리할 시간이에요.

이제 여행에서 찾은 특별한 재료들을 모두 넣고

맛있는 차를 끓여 볼게요.

하트 꽃잎의 두근거림,

숲속 새벽이슬의 추억,

별똥별 조각의 꿈,

일을 마친 후에 느끼는 평온함.

어디서도 맛볼 수 없는 특별한 레시피.

저만의 '인생의 차'를 완성했어요.

제가 만든 '인생의 차'를

한번 맛보시겠어요?

루와 함께하는
티타임

차 한잔, 할래?

…보고 싶다는 그 말.

좋은 찻잎을 고르고

물도 끓였으면

이제는 시간의 차례.

가만히 기다리면 그만.

아무것도 하지 않는 순간이

오히려 뭔가 이뤄지고 있는

순간일지도….

쪼르륵…

조용한 공간을 울리는

차 따르는 소리.

마침 내게 필요한

쉼표 찍는 소리.

몸이 따뜻해지면,

마음도 따뜻해진다.

입술이 따뜻해지면

말도 따뜻해진다.

얼음, 우유, 레몬, 술, 설탕…

무엇이든 다 괜찮다.

홍차는 무얼 섞든 자신만의 그윽한

향을 잃지 않으니,

그것이 홍차의 고상함.

마치 어떤 상대든

한결같이 대하는 사람처럼.

뜨거움을 식히는 깊은숨은

어쩌면 차에 녹여낸 고민 한 조각.

입김과 함께

후~

저 멀리 사라지길….

쌉쌀함이 지나가고 나면
달콤함이 찾아온다.

그러니 주의를 기울여
천천히 음미하기를….

거칠게 자란 찻잎이

곱게 자란 찻잎보다

훨씬 향긋하다.

그리고 더 귀하다.

플레이버티는

차, 나무, 과일의 맛과 향을

넘치게 맛볼 수 있다.

뜨거운 물에 넣었을 뿐인데,

새로운 만남은

더 많은 것을 끌어낸다.

티타임이 끝나도

찻잔이 머문 자리는

오래도록 따뜻하다.

너를 생각하기 가장 좋은 자리.

찻잔은

서서히 차의 색을 머금는다.

우리도

시간을 쌓으며

서로 조금씩 닮아 간다.

116

행복한 마음,

조용한 눈물,

정다운 말,

포근한 웃음,

소중한 추억….

전부 다 모아 우려내면

우리만의 특별한 차가 된다.

거창한 칭찬이나

묵직한 위로가 아니어도

차 한잔 내미는 손길과

다정한 눈길만으로도

위안이 될 때가 있다.

그 찰나의 위안으로도 우리는

살아갈 힘을 얻는다.

티 소믈리에 루에게 듣는
티 이야기

 바쁜 일상에 휴식을 주는 차

장미

붉은색 장미꽃잎을 말려 우려낸 차.
은은하고도 매혹적인 향기에 큰 숨이
저절로 쉬어져 깊은 휴식을 즐길 수 있어요.
혈액 순환에도 좋고 스트레스 완화에도
도움을 주어요.
끓기 직전의 뜨거운 물에 장미 꽃차
작은 티스푼을 넣어 5분 정도 우려내 마셔요.
차갑게 식혀 얼음과 함께 마셔도
개운할 거예요.

캐모마일

캐모마일꽃을 말려 우려낸 차.
향긋한 풀 내음에 스트레스가
저절로 해소되는 차예요.
특유의 진정 작용 덕분에 긴장이 풀려
잠을 잘 잘 수 있게 도와줘요.
흥분감을 가라앉히기 좋고 감기에도 좋아요.
차갑게 우려내 꿀과 섞어 마시면
더 맛있게 즐길 수 있어요.

레몬밤

허브차 중에서도 가장 사랑받는 레몬밤 차는
옛날부터 진통제로 쓰일 정도로
약용 효과가 뛰어나요.
우울증이나 불안, 과도한 스트레스 완화에
도움이 되어요.
두통이나 불면증, 근육통에도 도움이 된다고 하니
바쁜 현대인에게 꼭 필요하겠네요.
유럽에서는 레몬밤 차를 차갑게 우려 마시면
집중력 향상에 도움이 돼
학생들에게 인기가 많아요.

라벤더

라벤더 꽃잎을 말려 우려낸 차.
보랏빛 꽃밭의 향을 그대로 머금은 듯한
진한 향기가 특징이에요.
진정 작용이 크고 혈압을 낮추는 효과가 있어서
긴장되는 발표나 시험을 앞뒀을 때 마시면 좋아요.
오래 우릴수록 쓴맛이 나기 때문에
10분 이내로 우리는 게 좋아요.
따뜻하게 마시는 게 가장 효과가 좋으니
호호 불어 식혀 마시며 긴장을 풀어요.

지친 몸에 활력을 주는 차

오미자

단맛, 매운맛, 신맛, 쓴맛, 짠맛
다섯 가지 맛이 나는 오미자차.
진한 붉은색을 띠며 신맛이 가장
강하게 나는 오미자차는 피로 회복에도 도움을 주고
땀을 많이 흘렸을 때 물 대신 마셔도 좋아요.
또한 간에도 좋은 성분이 있다고 하니
유독 피곤하고 지칠 땐 오미자차를 마셔 보세요.
입맛을 돋우는 데에도 효과가 있어요.
차갑게 우려 얼음에 타 마시면
음료수보다 훨씬 상쾌할 거예요.

메밀

구수한 맛이 일품인 메밀차는
몸의 열을 내려 주는 효과가 있어서
더위에 지친 여름철에 마시기 참 좋아요.
차게 식혀 물 대신 마셔도 괜찮은 차지만
특유의 찬 기운 때문에
소화기가 약한 사람은 조심하는 게 좋아요.
혈압을 낮추는 데도 도움이 된다고 하니
격한 운동을 한 후에 마셔 보세요.

둥굴레

백합과의 둥굴레 뿌리를 말려
물에 끓여 먹는 둥굴레차는
누구나 좋아할 구수하고 깊은 맛을 자랑합니다.
사포닌 성분이 풍부해 혈액 순환과 신진대사를
원활하게 도와주니,
이보다 좋은 건강 차가 없을 거예요.
또한 바이러스에 저항할 수 있는
면역력을 기르는 데도 큰 효과가 있고
체내 노폐물을 배출하는 데에도
도움이 되어요.

도라지

쌉쌀한 흙냄새를 품은 도라지 차는
말린 도라지를 물에 넣고
센불에서 30분 이상 끓여 마시는 차예요.
목감기에 좋고 콜레스테롤을 낮추는 데 도움이 되어요.
뜨겁게 끓인 도라지 차 맛은 조금 쓰지만
흙냄새를 품은 자연의 향기가 도드라져
차 한 잔만으로도 보약을 먹는 기분이 들어요.
꿀을 한 스푼 타서 마시면
목과 기관지에 더 좋다고 하니
감기 걸렸을 땐 꼭 필요하겠어요.

흔하지 않은 독특하고 재미있는 차

정산소종

세계 최초의 홍차라는 정산소종은
진한 오렌지색을 띠는 아름다운 차예요.
불에 탄 나무처럼 스모키향이 독특한데
그 첫맛은 의외로 부드럽고
끝맛은 달콤하기까지 해요.
진하게 우려 차갑게 식혀서
얼음과 함께 레몬을 곁들여 마시면
그윽한 향에 취해
술을 마시는 기분이 들기도 해요.

늙은 호박

볶은 늙은 호박을 끓는 물에 우려 마시는 차.
8-10분 정도 우려내면
달달하고 고소한 향이 올라와요.
호박즙을 먹는 것처럼
첫맛은 달콤하지만 끝맛은 쌉쌀해
자꾸만 한 모금 더 하고 싶어지는
중독적인 맛이에요.
부종에 효과가 좋고 감기에도 좋아요.

레몬그라스

한국인에게 생소한 레몬그라스는
새콤한 레몬 향과 알싸한 풀 향이
조화롭게 어우러지는 허브예요.
독특한 맛과 향을 가지고 있어 향신료로도 많이 쓰여요.
티백을 뜨거운 물에 우려 마시면 향이 극도로 진해져요.
신경 안정에 큰 도움을 줄 뿐 아니라
카페인도 없다고 하니 물 대신 마셔도 괜찮아요.
이국적인 향이 아주 근사하니
뜨거운 찻잔에 여유롭게 즐겨 보세요.

백호은침

심플하고 날카로운 백차.
처음 맛보면 물인지 차인지
헷갈릴 정도로 희미한 맛이지만,
두 모금째부터 서서히 맛이 느껴지기 시작하는
신비로운 차예요.
차의 색깔도 아주 옅은 상아색을 띠어
언뜻 보면 잘 우러나지 않은 것 같지만,
찻잎은 묵직하고 고고하게
자신만의 향을 뿜어내요.

차를 더욱 다양하게 즐기는 방법

레몬티

홍차나 녹차를 가볍게 우려 찻잔에 따른 뒤,
레몬 한 조각을 찻잔의 입술이 닿는 곳을 따라
가볍게 문질러 줍니다.
레몬 조각을 차에 담가 먹어도 좋지만,
차 본연의 향을 지키며 레몬 향을 가미하고 싶다면
이 방법을 추천해요.
뜨거운 차로 즐기는 게 정석이지만
얼음을 탄 시원한 차에도 잘 어울려요.
산뜻하면서도 풍미를 잃지 않아요.

밀크티

우려낸 홍차에 우유를 붓는 방법,
홍차를 진하게 끓이다가
우유를 넣어 끓이고 식히는 방법,
찬 우유에 홍차를 넣어 우리는 냉침법 등
다양한 방법이 있지만 우리 입맛을 사로잡는 건
끓이는 밀크티가 아닐까요?
익숙한 진하고 구수한 맛이 최고니까요.
냄비에 물을 넣고 홍차를 넣어 응축하듯 끓이다가
차 색이 진해지면 우유를 넣고 끓입니다.
기호에 따라 설탕이나 꿀을 첨가하면 돼요.

러시안티

우리에겐 다소 생소하지만
추운 겨울을 보내는 러시아 사람들은
뜨거운 홍차에 과일잼을 넣어 마신대요.
기호에 따라 술 한두 스푼을 추가해
홍차의 떫은맛을 중화시키기도 해요.
추운 겨울을 따뜻하게 나기 위한 그들만의 비법이겠죠?
쓴맛이 강해 단독으로 먹기 힘든 홍차가 있으면
이 방법을 활용해 보세요.
과일 향이 밴 향긋한 홍차로
즐겨 볼 수 있을 거예요.

티 리큐르

보드카나 진 같은 투명한 증류주에
찻잎을 넣어 우려낸 것을 티 리큐르라고 해요.
술에 차향을 입히는 건데,
이것을 탄산수나 토닉워터에 타 마시면
근사한 하이볼이 돼요.
홍차나 우롱차가 향이 강하면서도
술과 잘 어울리는 편이에요.
단맛을 추가하고 싶다면
냉침 할 때 설탕을 찻잎과 같은 비율로
첨가해 주면 돼요.

루의 느긋한 행복

2024년 12월 5일 1판 1쇄 인쇄
2024년 12월 20일 1판 1쇄 발행

글, 그림 카토 타카
발행인 황민호
콘텐츠3사업본부장 석인수
책임편집 손재희
디자인 디자인 레브

발행처 대원씨아이㈜ www.dwci.co.kr
주소 서울시 용산구 한강대로 15길 9-12
전화 02-2071-2152(편집) 02-2071-2066(영업)
팩스 02-794-7771
등록번호 1992년 05월 11일 등록 제3-563호

ISBN 979-11-7288-882-4